ellen lima

é professora, artista, poeta e mestra em Artes. Nasceu no Rio de Janeiro e é indígena de origem Wassu Cocal (Maceió-AL). Atualmente cursa o doutoramento em Modernidades Comparadas: Literaturas, Artes e Culturas na Universidade do Minho, em Braga, onde mora.

IXÉ YGARA
VOLTANDO PRA 'Y'KÛÁ

(sou canoa voltando pra enseada do rio)

ellen lima

URUTAU

2021

editora Urutau

avenida peirao besada, 6 – 2ºD
36163 — poio (pontevedra)

rua do cajú, 478
jardim das cerejeiras, 06724-015
cotia-sp
brasil

[+34] 644 951 354 [galiza]
[+55] 11 9 4859 2 426 [brasil]

www.editoraurutau.com.br
contato@editoraurutau.com.br

[EDITORES]
tiago fabris rendelli & wladimir vaz
[REVISÃO]
debora ribeiro rendelli
[ISBN]
978-65-5900-053-1

sumário

Tupi! Be Tupi! There's no questions

À Oswald de Andrade

[prefácio]

A moça Wassu, uma poranga igassaba

por Ademario Ribeiro[1]

É o texto que antecede a história, normalmente contextualizando um pouco mais o leitor sobre as páginas que vêm a seguir. Ele pode contar sobre a experiência do autor durante a escrita e publicação da obra ou trazer opiniões sobre o livro, por exemplo.

Cara(o) leitora(o), em um tempo e espaço planetário imersos numa pandemia crescente e de protocolos — ora esse — ora aquele — Ellen Lima, a moça do povo originário Wassu Cocal, nos apresenta um arco com recados que manda para si, para seu povo, para seu tempo e para o mundo. Ela destampa sua alma como uma nobre igaçaba repleta de águas translúcidas, de bons ventos, de torrões multicores. Trata-se do seu livro de poemas: *Ixé ygara vol-*

[1] Doutorando e Mestre em Ciências da Educação, Especialista em Educação, Pobreza e Desigualdade Social, Licenciado em Pedagogia, Escritor (poeta e teatrólogo), Diretor Teatral, Ambientalista, Membro fundador da Associação ARUANÃ.

tando pra 'y'kûá (sou canoa voltando pra enseada do rio) e te convido a entrar nessa canoa com ela e conhecer seus segredos, memórias, tesouros...

A moça Wassu por onde vai leva consigo sua aldeia pelas cidades do mundo — mundos? Cremos que sim. Ela veste de ar, de terra, de fogo de água, de curupira e — dentro de si e estão seus mundos, afinal, ela afirma sua identidade: "Longe ou perto de casa sou yby r-aîyra (filha da terra). Sua conexão com os quatro elementos nos brinda com o grão da areia. Suas águas se assomam e nos banham. Sua terra é generosa e nos dá um chão para a casa, criar sonhos, caminhos, florestas, cidades e que a vida seja coração, isto é, pulse!

Ellen pulsa pela sua aldeia Wassu Cocal, pelo idioma Tupi antigo, o mesmo que Tupinambá. E nessa língua ela sentencia: "Mas um dia, ainda cortamos a tua língua" - pelos tantos erros do invasor Português em terras que passariam a chamar-se Brasil. Ela faz poesia, faz utopia e sonha em Tupi.

Sobre essa língua podemos dizer que antes de 1500 no território que passou a chamar-se de Brasil — havia aproximadamente 1500 línguas. De acordo com o Censo de 2010 existem 270 línguas indígenas no Brasil. Essa diversidade linguística deve ser estudada, valorizada e promovida a sua preservação para as atuais e futuras gerações.

Do tronco linguístico Tupi não se originou apenas a língua Tupi ou Tupinambá mas dezenas de línguas. O idioma Tupi, por exemplo foi utilizado para denominar quase tudo – antes e depois a invasão territorial. Deu nome à rios, cachoeiras, serras, plantas, animais, pessoas, situações cotidianas, etc. Tanto que esse idioma poderia ser oficializado como língua do país.

Pasmemos! As línguas indígenas estão sendo ameaçadas, silenciadas, apagadas em todo o mundo! Tem que haver — urgentemente — uma política e gestão para promover e revitalizá-las. Logo, além da carga poética tão singela e, quase autorretrato da nossa poeta Ellen, a moça do Wassu ao escrever em Tupi está ao mesmo tempo saboreando a plasticidade e sonoridade dos seus vocábulos e igualmente está valorizando o idioma ancestral do seu povo indígena e assim, ela pulsa a sua vida, a liberdade e a memória sempre acordada e em diálogo com a contemporaneidade, aldeias e cidades do mundo. Sua alma se conecta com tudo que é belo, essencial, original — porque ela é poesia e em sua territorialidade há tessituras de amores, dores, saudades, curas, borboletas.

Em seu poema Calendário Colonizado descoloniza duas datas e nos remente a refleti-las. Tomara que o povo brasileiro acorde do que foi fato/do que foi fatídico/do que foi farsa em meio às aquelas histórias que apresentavam essas e outras datas com "heróis" que hoje sabemos – na História que foi escrita não foram reveladas as marcas de extermínios, hostilizações, silenciamentos e subalternidades por eles impostas aos povos que aqui viviam — imemorialmente.

Ellen não cabe em si e sabe disso: não é sucinta. O infinito lhe abraça. Os elementos que compõem a vida são a substância do seu gênio, inquietude, coragem e doçura. Realmente, como inferiu em um dos seus versos: "Gente Wassu é muito forte" e ela encontra nos vocábulos Tupi os aliados e guardiões para suas viagens: Yby (Terra), Tatá (Fogo), Ý (Água) e Ybytu (Vento). Sua vida é a própria igara (canoa) existencial a "deslizar nas águas... por aí" seu Amor originário e libertário!

Enfim, te saúdo em tua língua ancestral:

— Guê, Ellen Lima, kunhã ara! Anama Wassu Cocal am iõ te!

— "Salve, Ellen Lima, moça de luz! Povo Wassu Cocal continuará de pé!".

Agradecimentos

Certa vez, aprendi com professor Farias Sabiá-pytanga que aûîébeté significa obrigado(a). No entanto, não o obrigado que a gente conhece na língua portuguesa, alguém que se sente devedor de um favor e se vê obrigado a retribuir. Eté significa muito, de verdade, aûîébeté significa algo como: você fez muito por mim. Eu gosto dessa forma de agradecer porque eu realmente não sinto obrigação, o que eu sinto é amor. E amor não se obriga. Sinto muito o amor de cada amigo, cada incentivador, e o amor de cada espírito ancestral que me guia. E é muito. É muito. Eté. São muitos, mas para esse projeto, aûîébeté especialmente à poeta e amiga Manuella Bezerra de Melo, uma mulher/força de materialização, solidariedade e encorajamento.

Aûîébeté Bruno amigo/irmão, primeiro e grande incentivador para que eu colocasse um livro no mundo. Aûîébeté Sabiá-pytanga Xe mbo´esara gûê! Aûîébeté ao poeta Ademário Ribeiro pelo incentivo, pela troca e pela amizade.

Aûîébeté. E muito.

Sobre a terra há de viver sempre o mais forte

ITAMAR VIEIRA JUNIOR

Yby[1]

Das tantas coisas que a terra sabe fazer,
Aquilo que ela faz de mais preciso é girar.
Por aqui quem navegou foi abá,
a demarcar na palavra a terra de peró.
Quem entende a ciência do encanto,
Diz que em sua gira, yby se move
pra tomar o seu lugar.

Abé abá.
É que antes de navio, vem mar,
e antes da rua, vem terra,
e antes de guerra, é luta,
e antes da igreja, é a serra.
E só reza quem saber rezar.

Oro-pytá onde a alma pousar.
Porque antes de cidade,

[1] **Yby** – Terra / **Abá** – indígena / **Peró** – Português, homem branco / **Abé** – também / **Oro-pytá** – nós ficamos / **Ka'á** – Mata, floresta / **Y'** – água.

O mundo é Ka'á e Y'

E enquanto houver abá, yby gira.

Para (re)escrever seu (re)existir

Yby, ´Y,Ybytu, Tatá[2]

Ixé ygara voltando para `y'kûá.
Ixé ybyrá de raízes que voam.
Xe r-oka é o vento,
Xe r-oka é a água.
A-guatá pelo mundo,
As vezes longe de casa,
As vezes perto de mim.
Xe r-oka é a terra
Da floresta, da ilusão do ocidente,
estrada, fumaça ou curupira.
Longe ou perto de casa
sou yby r-aîyra.

'Y[3]

Tamanho de grão
Ensina a olhar
Eu, gigante
Farelo de areia
Avião e pé
Palácio e casebre
Suntuosa e inquebrável
Na beira do mar.

Aí vem uma onda,
e me brinca.

[3] **Y'** – água.

Yby[4]

A poranduba fazia calar:
mamõ-pe ere-îkobé?
Não sabia explicar
que venho de uma casa
com chão de água
e parede de ar.
Que na frente tem a estrada de barro,
e caminhos marcados de grão,
vindo e indo pra todo lugar.
casa, floresta ou cidade
não sabe de identidade
só sabe ser o que é.
A-ikobé mim pupé.

[4] **Poranduba** – pergunta / **Mamõ-pe ere-îkobé** – de onde você é/onde você vive? / **A-ikobé** – eu venho/seu moro / **Pupé** – em/dentro de.

Retraterritorialidade

Há dias em que me retrato, e nada.
Há dias em que o retrato
retrata tudo que as lentes não sabem ler.
as dores, os amores, as saudades.
As vezes até minhas outras três vidas.
Tem dias que o retrato mostra a moça Wassu.
E tem dias que o retrato é coberto por ilusões ocidentais.
Tem dias que sou, e nada mais.
Tem dias que... é só um rosto, vazio e mais nada.

Outro erro de português[5]

Peró chegou e mandou que parasse o
nhen, nhen, nhen.
A-nhe'eng abé
Oro-nhe'eng também,
nhen, nhen, nhen,
nhen, nhen, nhen,
nhen, nhen, nhen.

De castigo, cortaram nossa língua
no tempo e no espaço.
Suspenderam os cafunés e abraços
da voz dessa mãe daqui.

[5]**nhen, nhen, nhen** – é uma expressão popular na língua portuguesa que significa falatório ou murmúrio (quase sempre sugerindo que quem fala é monótono ou está a aborrecer o interlocutor). A expressão "deixar de nhen, nhen nhen", quase sempre sugere que o outro pare de queixar-se e execute uma tarefa que lhe foi dada / **nhe'eng** – Verbo falar em Tupi Antigo / **Peró** – Português/homem branco / **A-nhe'eng** – Eu falo / **Oro-nhe'eng** – Nós falamos / **abé** – Também/igual / **oro-karu** – nós comemos / **abati** – milho.

Mas um dia,
ainda cortamos a tua língua
e oro-karu com abati.

Calendário colonizado

Antes,
muito antes
do 22 de abril de 1500,
ninguém precisava
de 07 de setembro.
INDEPENDÊNCIA
não tinha nome,
nem tinha data.
Tinha sentido.

De tanto não ter,
(independência e sentido)
a gente nem vai sentindo
que esquece.
Independência é um ser.
Que está no corpo ancestral
Mas que a gente ainda não lembra
que conhece.

Yby[6]

O amor originário
É libertário.
Ser abá,
é saber que é
parte tatá
parte yby
parte y'
parte tudo que há.
Fazer do próprio corpo
ygara
e deslizar
nas águas da vida por aí.

[6] **abá** – indígena / **Tatá** – fogo / **Yby** – terra / **Y'** – água / **Ygara** - canoa.

Yby

Quando estava de pé
produziu todo tipo de sonho,
de sorte, de cura.
Quando estava de pé
cantou para as coisas vivas,
e para almas encantadas.
Quando estava ela de pé
dançam-lhe à volta as borboletas,
e voltavam-lhe toda as vezes os frutos.
Quando estava de pé
sorria, satisfeita de ser.

Vem a máquina e esmaga.
Impõe aos sonhos verdes, o cimento.
assassinam frutos com a mão.
E no chão, choram as cores,
que por insistência, luto e decência
hão de semear no duro do asfalto
com mais dureza, a resistência.

Memórias, magias, encantos de toré.
As cores não morrem,
trabalham para a alegria dela
pra quando ela estiver de novo pé.
E não tarda.

Ybyrá[7] não morre, vira poesia retorcida.

[7] Ybyrá – árvore

Yby

Estamos nos assistindo morrer,
mas quem liga?
É mais um programa da TV,
explicando aquilo que todo mundo sabe
mas que ninguém quer saber.
Muda o canal,
que assim não faz mal.
Ignorar é só mais uma forma de morrer.
Mas quem liga?

Deixa o céu ficar cinza de tanto queimar
quando não tiver mais ar pra respirar,
a gente pensa
qual vai ser a melhor forma
de colonizar outros cantos, outras partes.
De transformar outro planeta em produto.
E de inventar mercadoria em Marte.

Que mal tem?
Deixa acabar tudo e os rios secarem fundo.
agora já temos os melhores smartphones
para postar as selfie do fim do mundo.

Y'

Uma vez atravessei o mar.
Então entre avessos,
me atravessaram cores,
água, sons, gestos e gente.
Corpos que me atravessaram
o corpo.
Atravessei de volta o mar.
De tanta travessia,
não sei mais de onde venho
(ou pra onde volto)
Então travo um avesso,
de recomeço,
levo tudo aquilo
que eu ainda não sei.

Aula de tupi

Oîeí é o hoje que passou
Kori é o hoje que ainda vem
Oîeí fui feliz
Kori talvez também.
Oîrandé não sei.
Oîrandé ainda não existe.

Îasytatá

Estrelas cadentes,
Nascentes do céu
Estrelas cadentes,
se jogam ao léu
No meio da gente.
Assim sendo,
estrelas cadentes,
nada mais são,
que estrelas
valentes.

Tatá

Dei o braço pra pintar de jenipapo
Nesse gesto, ganhou o abraço
um ser que havia antes de mim.
Índio não mente.
Mas não acredite
que a tinta sai depois de 15 dias.
Do que sei,
ela fica na alma pra sempre.

Ybytinga

A mais certa é a verdade das nuvens,
sempre reinventando o céu.

Sy

Noite dessas,
Botei os pés na areia,
Pescador pra fora,
Sol pra dentro.
Desafiei pedra grande
em meio ao breu.

Acordei sereia, serena.
delicada e pequena.
enquanto tiver vida,
tem dias que o mar
também sou eu.

Mirim

Não consigo
Ser sucinta.
De curta,
já basta
a brevidade
da vida.
De sintético,
já bastam
os abraços
que não duram para sempre.
De objetivo
já basta
o tempo
da existência
que se impõe
no breve tempo
de viver.

Tatá

inVENTO c(s)eu
azul ou AMAR (elo).

Tatá

Estava no planeta
sem se caber.
Se todas as constelações fossem terreno plano,
era cabível,
que coubesse
um espaço.
Mas é incabível,
caber onde tudo cabe,
só não cabe espaço
pra um infinito.

Ybytu

Pra saber se vale o risco,
me deixo primeiro riscar.
Riscos são perigosos pedaços de caminho.
Riscos são fatos que revelam o papel.
Riscos são rígidos, fluidos, retos, irregulares.
Qualquer risco é determinante.
riscos desenham o céu.

Ybytu

Encantou feito pássaro,
Sabendo que também era céu.
E que andou por essa terra pra ser vivo,
não pra ser gente.
Gente não saber ser céu.
E as vezes nem sabe ser vivo.
Encantou pra ser tempo.

Andou pela água pra ser vivo,
Cantava para amar com as borboletas.
Passeava entre e nuvem e chão,
a ouvir o som de cada pedra, cada casco, cada coisa.
E toda coisa calhava sempre de ser aquilo que ele era.
Porque tinha alma quase da idade do mundo.
E como mundo,
já havia conhecido o mundo sem ser gente,
Só sendo vivo, aquilo que era.
Existindo como o vento, flor, como tempo.
Sendo ser.

Por isso não sabe morrer.
Porque não é gente.
Gente não sabe ser céu,
Quem não sabe ser céu não é vivo.
e quem é vivo no ser é que vive pra sempre.

Ybaka[8] — Um canto de quarentena

A coisa por aqui assinala um tempo
onde nossos espaços
são meia dúzia de passos
entre a cozinha e a sala.
Alma não sabe caber pra cá do muro.

Poeira toma conta das malas,
e o que parecia irreal aconteceu.
Agora é aprender a tirar a alma da casa material
Vestir uma luz atemporal,
e se embrenhar pela mata aberta do céu.

[8] **Ybaka** - céu..

Ybytu

Liberdade é fruta
Pra comer
Com casca e tudo.

Ybytu

Saí da mata
Cruzei o mar.
Ganhei o mundo
Voltei pra dentro,
clareou lá.

Assim sempre aconteceu.
Voltei pro mundo de novo
ganhei tudo, tudo deixei.
O pouco que hoje tenho, acumulo.
Foi saber voar que me deu.

Direitos humanos

Artigo 1.º

Todos os seres humanos têm direito de acordar com cheiro de verde e canto de passarinho.

Tatá

Pirang[9] é a cor da minha terra,
daquilo que corre dentro,
e que a gente pinta fora.
Daquilo que dá alento,
que melhora qualquer pereba.
Pirang é a cor da minha crença,
da força de tatá.
Pirang quando toca no mar,
Faz poesia na água.
Pirang é força na luta,
chama em suas chamas os ancestrais,
Pirang é o nosso sangue.
Que mesmo quando morre,
não se apaga jamais.

[9] **Pirang** - vermelho.

*

A maturidade é um mito.
O que eu acredito mesmo,
é que a gente já nasce
sabendo que um dia
a alma cobra visitar
a idade que tem.

`Y

Xe r-orybeté xe sy resé,
o-pytá iké pe.
S-eté, xe reté.
Xe raûsub.
Xe roryb
Taî´yra ramo gûitekóbo.

*

Água
Estou feliz por causa da minha mãe
Ela está aqui.
Seu corpo é meu corpo
Ela me ama.
Sou feliz
Porque sou sua filha

Yby

Em terra de peró
ninguém sonha muito,
Pensam eles que tem tudo.
E não precisa sonhar.
Por aqui,
vivo um pouco de escudo,
sinto que falta de quase tudo,
e não é difícil explicar.
sonho todos os dias
com o sol de Pindorama[10].
Com as cores no pará-gûasu no fim do dia,
e com as alegrias de andar pela ka'á.
Dou falta do cheio e do sabor de murukuîá.
De coco, de sol, de toré, de abraço e mar.
Em terra de peró
quem tem um sonho é rei.

[10]**Pindorama** – como era chamado pelos povos originários a terra que conhecemos hoje como Brasil / **pará-gûasu** – grande mar / **ka'á** – Mata, floresta / **murukuîá** – maracujá.

Tatá

Ouça bem, homem branco,
sentado nesse banco
que diz que és morubixaba[11].
Pois Pindorama não tem chefe,
que mata seu povo
e não quer ver mais nada,
além de pasto,
seu maior rastro
de destruição.
Vá mandar no seu canto,
aqui não há, portanto,
espaço pra tua contradição.
Aqui se cai de pé, se luta com fé
há séculos
contra os ancestrais da tua ambição.
Oré morubixaba tu não é.

---

[11] **Morubixaba** – Cacique/chefe / **Oré** - nosso.

Ocupação

Seremos abá em qualquer lugar,
porque não vamos deixar calar
a voz da mata.

Seremos abá em qualquer lugar,
porque são as nossas avós que sabem curar
as feridas da terra.

Seremos abá em qualquer lugar,
enquanto a ganância não deixar
nossos povos em paz.

Seremos abá em qualquer lugar,
porque urucum e jenipapo
são as cores da bandeira a se hastear.

Seremos abá em qualquer lugar,
Porque ancestralidade não é nome,
é traço fundo.

Que corta todas as linhas,
de todas as fronteiras e hemisférios do mundo.
E ocupa tudo,
até a reunir, crescer e voltar.

Ybyrá

Outro dia percebi que as árvores dançam.
Umas ciranda, outras lambada,
umas se curvam outras paradas,
umas sozinhas, outras acompanhadas,
umas bem carequinhas, outras descabelas.
E que elas trocam os cabelos
todas as estações pra dançar.

Ybytu

E se ao invés do obrigado, a gente usasse aûîébeté?
se ao invés de lua a gente falasse îasy?
se a gente andasse a evocar com palavras
ancestralidade por aí,
como seria?

E se no lugar de americanizar,
começassemos a tupinizar?
Trazer a palavra ancestral pro presente,
Pro meio da gente,
como seria?

E se chamar de vez o sapo de Kururu
o peixe de pirá,
o que é grande de usu
e as pedras de itá?

Se a gente chamar o que é bonito de porang,
quem sabe chega um dia, uma manhã,

todo mundo que dormiu peró,
acordou abá.
E a taba[12] é Pindorama.

[12] **Taba** - aldeia

Ybytu

Palavra é Gûyrá' ĩ [13]
que voa mesmo sem vento
e voando venta na gente.

[13] **Gûyrá' ĩ** - Passarinho.

À minha aldeia

Algumas coisas nos chamam,
são os xamãs de nossas terras.
No canto da resistência,
almas na insistência de existir.
mesmo “magote de índios desajustados”[14]
à mingua pra sobreviver,
quase que pra se extinguir.
Gente Wassu é forte.
Junto à quem veio da praia,
abandonado à própria sorte,
plantou na Serra da Torre,
uma esperança pra garantir.
Às margens do Camaragibe
de tempos em tempos,
damos flores.
Ainda estamos aqui.

[14] Expressão usada por Darcy Ribeiro em *Os Índios e a Civilização* para se referir aos indígenas do nordeste e das impressões que teve ao se deparar com esses povos.

Tatá

Foi assim que aconteceu,
De tanto tirar palavra tupi pra dançar,
de tanto namorar.
Xe Kûatiara[15] nasceu.

[15] **Xe** - meu / **Kûatiara** - Livro, escrito.

[posfácio]

"As pedras um dia se encontram", disse o parente Kroanã da vez que voltei em Cocal sozinha, já adulta. Disse que me viu chegar como o sol e perguntou, olhando no fundo dos olhos, se eu tinha orgulho de ser índígena. Disse com firmeza que sim. Pensando bem, acho que foi primeira vez que disse sim com tanta firmeza. Não por mim. Sempre soube da minha origem, meu pai sempre afirmou com orgulho e as vezes até um pouco de indignação quando lhe parecia que não nos orgulhávamos disso. E eu sabia, de algum modo, que era filha da terra, da floresta, e da água. E que ser indígena também era algo como isso.

Mas no meio do caminho tinha uma diáspora. E apesar de ter vivido uma parte da primeira infância lá, a, filha de Bibiu, neta de dona Alice Menina, sobrinha de Hibes Menino, (guerreiro Wassu cruelmente sequestrado e assassinado enquanto lutava pela demarcação das terras de Cocal) cresceu na periferia do Rio de Janeiro alimentada por conflitos daquilo que chamam "identidade". As construções ocidentais, ensinavam na escola que "índio" era tudo aquilo que meu pai não é, que eu não sou: um homem semi-nu, que fala uma língua que ninguém entende, e que é parte de uma gente tão ignorante que é capaz de trocar sua mão de obra e suas riquezas naturais por espelhos (mais e mais mentiras seculares para desqualificar os povos originários). Aquilo me constrangia profundamente e cada vez menos queria ser aquele personagem convenientemente desenhado nos livros de história. Cada vez mais rejeitava comparações da minha fisionomia, da cor da minha pele, do que eu aparentava ser e sou.

E nas dúvidas entre Rio, periferia, aldeia e mundo; ficava eu, então, dentro de mim e da escrita. Escrever sempre foi um jeito de externar a melancolia de uma alma que não consegue juntar tantos fragmentos. Não é que seja triste ter uma parte de cada coisa em si, mas é triste não se sentir livre pra ser. Decidi caminhar. Pelos livros, pela arte, pelo mundo. Procurar os pedaços perdidos de mim, fazer deles sementes do meu caminho de volta. Voltei muitas vezes, continuo voltando.

Dessa última vez que voltei a Cocal, muitos vestígios colaram na minha pele, e descolaram embaraços. Eu estava em mais uma rota pra casa. Ganhei força, um maracá, uma xanduca e uma coleção de abraços das cachoeiras de lá, além do convite pra estudar Tupi. Iniciei, com um grupo de parentes, o estudo da língua. Entre eles, Tagûató (Almir), nosso querido segundo pajé e meu amigo, guerreiro que trabalha incansavelmente no fortalecimento e na valorização de nossa cultura, tem uma pronúncia tão bonita que leva a gente pra dentro da mata, pro período anterior às invasões. Ouvi-lo é uma emoção que não se explica. Acho que eu não falo tão bonito, mas aprendi mais rápido a devorar as palavras e digerir junto com a língua Peró. Aprendi que antropofagia não se escolhe. Ou a gente devora, ou é devorado. E é bom engolir uma língua dentro da sua língua.

Essa coletânea de poemas celebra, por fim e por princípio, as línguas que temos; a que nos foi dada, a que nos foi tirada. Celebra, entre tantas outras coisas indizíveis, o ser, o sangue, a diáspora, a resistência, os vestígios, o encanto da retomada, e "as pedras que um dia se encontram".

este livro foi editado
na primavera
de 2021